KB120737

천 권의 책을 귀에 걸고

시작시인선 0439 천 권의 책을 귀에 걸고

1판 1쇄 펴낸날 2022년 9월 23일
1판 2쇄 펴낸날 2022년 10월 12일
지은이 배종영
펴낸이 이재무
기획위원 김춘식, 유성호, 이형권, 임지연, 홍용희
책임편집 박찬세
편집디자인 민성돈
펴낸곳 (주)천년의시작
등록번호 제301-2012-033호
등록일자 2006년 1월 10일
주소 (03132) 서울시 종로구 삼일대로32길 36 운현신화타워 502호
전화 02-723-8668
팩스 02-723-8630
블로그 blog.naver.com/poemsijak
이메일 poemsijak@hanmail.net

ⓒ배종영, 2022, printed in Seoul, Korea

ISBN 978-89-6021-658-7 04810
      978-89-6021-069-1 04810(세트)

값 10,000원

*이 책 내용의 전부 또는 일부를 재사용하려면 반드시 저작권자와 (주)천년의시작 양측의 동의를 받아야 합니다.
*잘못된 책은 바꾸어 드립니다.
*지은이와 협의하에 인지는 생략합니다.
*이 도서는 2022년도 아르코문학창작기금 지원 사업에 선정되어 발간된 작품입니다.

천 권의 책을 귀에 걸고

배종영

천년의
시작

시인의 말

말에 여분을 넣는 법도 늦었고
말 하나를 들고
오래 망설이는 법을 배운 것도 늦었으니
그 더듬은 말들을 모아
시집을 내는 일 또한 늦었다.

서툴게 살아온 날들을 고치려
극진하게 옛날을 모시려 해도
놓친 날들은 쉬 돌아보지 않았다
그러나 거기,
이 늦은 말을 기다려 준
착한 용서가 있으리라 믿고 싶다

회차回次의 문 앞에서 망연히 돌아선
오래 묵은 청춘의 아쉬움을
이 첫 시집으로 갈음한다.

2022. 9. 가을 초입에.

차 례

시인의 말

제1부

6

제1부

돌 밑

돌은 느릿느릿하거나 완강한 존재다. 경우에 따라서는 날아가거나 굴러 가기도 한다. 그러다 떨어진 자리나 멈춘 자리에서 저의 밑을 키운다.

물속을 가만히 들추면
재빠른 지느러미들을 키우고 있는 돌

축축한 음지의 돌을 젖히면 바짝 웅크린 다지류들은 들킨다. 느리고 미련스럽지만 재빠른 속을 키우는 돌. 실속이 살랑거리거나 재빠르다.

돌은 세상에서 제일 작은 지붕이 되기도 한다.

슬하를 겪은 내가 다시 슬하를 두고 배운 날들을 실천한다. 비바람도 어깨로 받아 내는 나는 점점 무거워지는 돌, 내 존재의 밑은 부드러운 속살로 빠르게 살랑거린다.

작지만 물샐틈없는 지붕
웅크린 돌 밑에는 웅크린 존재들이 산다.

천 권의 책을 귀에 걸고

아버지 늘그막의 서재는 참 간편했다.
천 권의 책이 돋보기 하나에 다 들어 있었다.
어쩌다 젊은 내가
그 두꺼운 책을 들여다볼라치면
그 오래된 문자들은 어질어질 어지러웠다.

어떤 지혜서도 침침한 눈으로는 볼 수가 없어서
그저 얌전히 책상 위에 놓았다가
두 귀에 척 걸치기만 하면
빽빽하고 흐릿하던 글자들의 시야가 훤히 뚫리면서
깊고 아름다운 문장들이 펼쳐지곤 했다

시간이 흐를수록, 읽으면 읽을수록
아버지는 점점 좁아져서 마치
한 점의 소실점처럼 멀어졌다.
책들이 겹쳐지고 쌓여 어떨 때는 중얼중얼
입 밖으로 흘러넘치기도 했다
그러는 동안 아버지의 서재는 점점 더 두꺼워져 갔다
돌이켜 보면 책의 페이지란 가장 어두운 곳이었다
흰 바탕에 검은 글자들이 어둑하게 박혀 있는

저녁 무렵 같은 밝기였다
그러나 캄캄해지는 저녁 무렵의 지혜란
천 권의 책보다도, 깜박깜박 저 멀리서 빛나는
한 점의 불빛이면 족하다고 했다

늘그막의 아버지 서재는
확장된 동공 같아서, 환한 등불 같아서
요즈음의 나는 한없이
아버지의 그 서재가 부러워지는 것이다

말발굽버섯

자작나무에 말발굽 돋았다

편자도 없이 자작나무 중간에서 출발하여 곰팡이 버캐를 묻히고 구름의 꽁무니를 향해 위로 치달으려 했을까. 그도 아니면 경사진 비탈을 내달리는 나뭇잎의 속도로 아래로 뛰려 했을까.

눈 내리는 북방의 어느 역참인 듯
흰 자작나무 서 있고
한설寒雪을 달려 소식을 전하던 파발마,
몸과 꼬리와 갈기는 어디로 가고
발굽만 묶여 있다.

산 나무의 거리나 죽은 나무의 거리를 가리지 않고 달리는 발굽, 자작나무가 한겨울과 한여름 요동치는 것은 쉬지 않고 달리는 중이기 때문이다

말발굽,
성질이 급하고 내달리는 효능이 있을 거라 생각하지만
성미 급한 삼촌, 몇 마리 분량의 발굽을 달여 먹고 온순

해졌다

불같은 성질이 발굽 아래 잠잠해졌다

파밭이 달아났다

겨울부터 여름까지 매여 있던
늙은 농부의 착한 파밭을 알고 있다

나붓하게 자라는 단일 품종들의 텃밭은 아무리 봐도 한
마리 짐승 같다 바람 따라 비스듬히 누웠다가 아침, 습습한
기운에도 부스스 일어나는 채소들의 생활력

밭 가운데로 함부로 길을 내지도 않아 야생이고 길을 피
해 다녀서 겁 많은 짐승이다. 착한 짐승은 털끝에서도 꽃이
핀다던가. 파꽃이 하얗게 피는 오월은 햇살을 깔고 잠자는
초식 짐승 같다.

파밭을 지나다닐 때면
보글보글 끓는 저녁이 떠오르고
파를 먹지 않는 저녁 같은 짐승들이 떠올랐다.

산 채로 잡혀 온 고라니의 털은 불안한 들숨 날숨을 쉬었
다 사람의 길에 들어서서 허둥대었을 그 발에는 길의 흔적
이라곤 없었다 헤매는 내내 놀란 눈으로 야생을 두리번거렸
을 것이다. 그 어쩌다 잡힌 고라니를 끓일 때 마을 노인들

은 파를 듬뿍 썰어 넣었다

오늘 아침 파밭이 달아났다.
길도 없었는데 홀연히 사라졌다.
휑한 밭에서 고라니의 누린내가 나고
빈 밭에서 고라니 털들이 잡초처럼 돋아나고 있었다.

바닥

마을 청년들이 양수기를 들고 와서
논물 대던 좁은 저수지를 비워 내고 있었다.
어젯밤에 있었던 실족을 찾는 일이었다.
한 반나절이면 저수지는
그 바닥을 내보일 것이지만
그에게도 저렇게 깊은 바닥이 있었을 것이다
걸음마 전에 기어 다녔던 그 바닥을
그는 평생 헤매고 다녔다
길바닥과 시장 바닥을 헤매는 동안
하늘은 늘 그의 발밑에서 푸르렀다.
한 모금 들이켜면 드러나는 술잔의 바닥은
켜켜이 침전되어 있는 허방이었다.
그에게는 비워진 술병의 바닥만큼
두려운 것도 없었을 것이다
도무지 맨정신과는 화해하지 못했던
이번 생이었던 것이다.

이윽고 두 개의 바닥이 드러났다.
저수지 바닥과 지친 또 다른 한 바닥이
반쯤 묻힌 채 누워 있었다.

살아서나 죽어서나 그는 한결같이
바다의 출신을 고집하고 있었지만
그의 옆에선 산 물고기들이
펄쩍펄쩍 뛰고 있었다.
몇 사람이 뛰고 있는 물고기들을 줍는 동안
바다는 다시 찰박이는 물속으로 숨어들고 있었다.
아니 아수라장의 바닥이
고개를 들고 일어서고 있었다.

봄날

모든 꽃들은 주름이라는 것
늙음의 절정이라는 것 알았다
이제 툭,
떨어질 일만 남은.

허름한 뒷골목
소머리국밥 한 그릇 시켜 놓고
왁자하게 떠드는 노년들의 술판
옆 테이블, 또 옆 테이블
아슬아슬한 내외內外들이 마냥 즐겁다.
할아버지에서 오라버니로,
다시 오빠로 거슬러 가는 호칭이 질펀하다.
깔깔거리는 웃음을 가리는
투명한 손끝에
칠 벗겨진 매니큐어 자국
손끝마다 꽃이 진다.
밖은 올 들어 가장 춥다는 영하의 날씨
추운 속을 감추고 입구만 바쁜 농담들,
기어이 지고 말 봄날을 붙잡고 있다

>
뜨거운 전기장판이 아니더라도
훈훈한 주름들이
그 퇴기退妓의 꽃들을 붙들고 있다

어정쩡한 온도로 식어 가는
뚝배기의 국밥, 늦봄의 날씨 탓인 듯
이마엔 자주 땀이 맺혔다
계산을 치르고 나오면서 나는
미닫이 새시 문을, 봄날의 안쪽을
꼭 닫아 주었다.

빙폭 氷瀑

더 낮아질 곳이 없는,
멈춰 버린 극저온의 벽
망연히 섰다.
어떤 연속성이 잠시 쉬고 있는 풍경
그 정지한 빙벽에
몇 명의 빙벽 등반가들이 매달려 있다
쉬고 있는 풍경을 간신히 올라가는
저 진행성
극한을 놓고 있다

사람으로 식물의 연대기에
몇 년을 매달려 있는 등반
얼어붙은 저 깊은 속, 실낱같은 흐름이 있다
언젠가는 자일이 끊어지듯
흐르는 물줄기 하나 뚝 끊어질지도 모르지만
주렁주렁 달고 있는 등반 장비처럼
코와 입에 매단 생명 유지 장치
극한이란 원래 아주 천천히 움직인다.
죽지 않으려고 혹은 살지 않으려고
조금씩 간신히 움직인다.

마치 겨울잠을 자는 짐승처럼

저의 속을 끝끝내 봄까지 감추려고

험악하게 얼어 있는 빙폭

그러나 가만히 귀 기울이면

갓 녹은 것인지 아니면

얼기 직전인지 모를 물소리 들린다.

아직 맑은 핏줄 하나 살아 있다

가느다란 연속성

어느 날 툭, 멈춰 설지도 모른다.

속사정

늦은 밤 밀물이 든 갯벌엔 잔잔한 달빛이 뒤척이다가도 물이 모두 나가고 나면 움푹 팬 물골이 드러난다.

아무도 모르는 속사정 같은,
자칫 헛디디면 발 빠질 것 같은 저 속사정.

세상의 어떤 기울어짐도 물에 잠기면 한없이 평평해진다. 그건, 한 사람이 제 눈물 다 뺀 뒤 내보이는 속사정도 같은 것이어서 넉넉할 땐 평평한 표정 아래 숨어 있다가 메마를 땐 들키고 마는 것이다.

속사정도 물골도 모두
밑바닥에 있다.

물골은 구불구불 제멋대로 흘러간 것 같지만 그 속사정을 살펴보면 들어온 물보다는 나가는 물에 그 이유가 있다.

물때에 맞춰 돌아 나가는 길에 물끼리 앞다투어 밀고 당긴 흔적인 것이다.

>
사람의 물 밑에도 저런
들고 나기에 편한 물골 하나씩 갖고 있을 것이지만
미처 따라 나가지 못한 물의 흔적은
발 푹푹 빠지는 갯벌로 남아 있는 것이다

그 속사정엔 또
숨어 있는 것들이 많다.

손때

벽에 붙은 전기 스위치 부근에
거무스름한 손때가 묻어 있다.
불을 켤 때마다 더듬었다는 말인데
환한 불이 열리는 순간엔
거뭇한 흔적이 묻는다는 사실을 알았다.

더듬는다는 것,
그건 어둑한 어둠의 일종이다.
밖에서 묻어온 어둠을
환한 백 촉의 밝음과 맞바꾸는 일이다.

그렇다면 어릴 적 나의 머리는
가장 손때가 많이 묻는 곳이었다
심부름 후 엄마는 늘 내 머리를 쓰다듬어
수택手澤으로 반지르르 윤기가 흘렀다.
엄마가 오래 집을 비울라치면
손때 묻은 엄마의 치마에 얼굴을 파묻고
강아지처럼 킁킁 엄마의 냄새를 맡곤 했다.

손때는 간절한 곳에 생긴다.

늙은 고시생의 법서法書에 두껍게 묻은 손때,
캄캄한 밤 벼랑 끝에 섰을 때
손때의 절실함은 희미한 불빛이 된다.
위편삼절韋編三絶,
그 절실함은 때로는 칼이 되기도 한다.

어두운 곳에서 막막하거나
희미해져 그리울 때
더듬거리며 손때는 번진다.

악공樂工

이웃 목수木手 집에 들렀다가
대패질을 한참 바라보았다.
평평하게 깎이는 수평,
그 속에서 한 악공이
대여섯 줄 현을 매어 놓고 고르고 있었다.
어느 줄은 이미 벌레의 호흡이 묻어 있었고
또 어느 줄에선 가지 끝 꽃 핀 흔적으로 휘청거리고 있었다.

바람의 주법走法으로 굳은 현,
아직 쉭쉭 바람 소리가 빠지지 않은
몇 가닥은 약간 휘어져 있었다.
옹이를 만나서 여울처럼 돌아가는 현의 울림이
잠시 굳은 무음으로 쉬고 있었다.

매인 곳도 없이 팽팽하게 당겨진 현은
깎여 나오면서 동그랗게 몸을 말았다.
떨어져 나온 몸에선
매미 울음이 흘러나왔다.
살아생전 나무는 힘들 때나 슬플 때 몸속에 매어 둔 현으로
윙윙 바람을 켜곤 했었다

\>

다 다듬어 세워 놓은 목판마다

아름답게 휘어진 현 위로

허영허영 달빛 내리는 소리,

늦가을 풀들이 말라 가는 소리가 났다.

이웃의 목수,

그의 숨겨 온 직업을 알아챘다.

그는 대패로 울퉁불퉁한 현을 조율하는 악공이었다.

장마

바짓단을 걷어 올린 오후의 그늘에 파리가 앉는다.

낮게 드리워진 저기압, 욱신거리는 허리들이 모여 앉아 구름을 의논하면 곡식과 풀포기와 대궁들은 바람의 근방을 배우기 바쁘다. 지붕 없는 휴일들, 지붕 아랜 노곤한 낮잠들이 무성하고 풀들이, 넝쿨들이 달아난다. 호박잎과 칡넝쿨은 달리기 선수처럼 장마 속을 뛰듯이 간다. 장마가 끝나면 풀포기들은 키가 크고 곡식들은 됨됨이가 딱딱해진다.

눅눅한 구름 떼가 젖은 터널을 빠져나가는 동안 깊고 집요한 것들, 아무것에나 착 달라붙어 멈출 줄 모르고 젖은 이마를 짚어 줄 햇살 한 올이 아쉬운 날. 쟁기들의 이빨을 뺏고 생솔가지처럼 연기만 자욱한 아궁이, 불씨는 통 살아날 기미가 없다.

아버지는 축축한 공일空日과 놀고 어머니는 잠깐잠깐 갠 하늘을 빨랫줄에 넌다.

땅으로 내려온 하늘, 젖은 눈 뜨거나 눅눅한 옷 갈아입고

돌아갈 생각은 아예 없는 듯한데 우두둑, 처마 밑으로 뛰어
내리는 빗방울에서 나는 리코더 음을 고르곤 했다.

나무들은 그 몸속에 사다리를 갖고 있다

그동안 마음 주었던 나무들이
눈앞에서 자라는 순간을
나는 한 번도 본 적이 없다.
그러니까 나무들은 겉으로는 그냥 쑥쑥 자라는 것 같지만
사실은 몸속 물관의 기둥에 비스듬히 사다리를 받쳐 두고
가지의 저 끝 연둣빛 햇순들을 차례로 올려 보내는 것이다.
그 햇순을 흔드는 높은 바람도 사실은
나무 속 사다리를 얻어 타고 올라간 것이다.
심지어 꽃들도 씨앗들도 살금살금
사다리를 기어오른 것들이다.
특이한 것은
아무도 눈치채지 못하게 오른다는 것이며
오르고 나면 사다리를 치워 버린다는 것이다.
나무들이 사방에 가지를 걸쳐 두는 것도
바쁜 나무의 속을 배려해 겉에다
그 중심을 두고 있는 것이다.

봐라, 내 눈에 들키고 만 저 낙하하는 이파리들은
사다리가 없어 뛰어내리는 중이다.
열매들이 툭툭 떨어지는 것도

물방울의 본성을 이어받았기 때문이다.
그렇다면 나무들은
저 푸릇한 꼭대기가 가장 깊은 수심인 것이다.
아찔한 곳이란 가끔 위아래를 바꾼다.

지는 것들은 눈에 보이고
피는 것들은 보이지 않는 틈인 것이다.

거울이 얼기 전에 붕어 낚시를

거울이 얼기 전에 붕어 낚시를 하기로 마음먹는다.

붕어는 제 호흡에 걸려드는 물고기, 들이마시는 들숨에 꿰이는 물고기다.

버드나무는 거울이 얼면 잠자는 얼굴이 된다. 버드나무와 눈인사라도 나누고 싶다면 거울이 얼기 전 붕어들에게 휘어진 한 호흡을 먹여야만 한다.

거울은 자신의 투명에 붕어를 키운다. 쩌렁쩌렁 겨울 오는 소리 들리면 거울은 느릿한 유속과 차가운 가시를 붕어에게 권한다.

거울 속에는 얼굴을 빠져나가는 붕어들의 꼬리가 있다. 꼬리는 얼굴을 빠져나가면서 꽁꽁 거울을 얼린다.

쩡쩡 거울이 얼면
숨구멍에 낚싯바늘을 넣는다.

거울은 밟으면 깨지는 곳, 자칫 흘긴 곁눈질에 허우적거

릴 수 있다.

　시린 손과 양지 녘을 채비로 챙기고 버드나무 전용 거울
이 얼기 전에 붕어 낚시를 해야겠다.

가새*

가새가 난다.
날과 날 사이 구름이
사각사각 소리를 낸다.
망망한 허공에 날갯죽지 부딪는 소리다
저것을 개척이라고 한다면
내 어머니의 수선은 위대하다.
되돌릴 수 없는 단절이 있다면
이어 붙이는 실땀도 있다
가새가 날아간 자국을 따라
침침한 눈의 어머니가 손으로 걷는다.

새들은 본명보다 사투리로 부르는 경우가 더 많다.
새는 틈, 나무와 나뭇가지의 틈
하늘을 가르며 나는 틈
가새는 틈을 만들어 좌충우돌 날고
어머니는 바늘 하나로 벌어진 틈새를 메운다.
한겨울 눈 내린 마당을 가로질러 간 새의 발자국처럼
내 바짓단에 가새와 바늘이
날다 걷다 했다.

>
가위가 아닌 가새,
천방지축의 양 부리와 양 날개가 있어
한집안에서 나는 늘 틈을 만들었고
어머니는 끝없이 그 틈을 메웠다
단절과 봉합,
찢어진 이쪽을 저쪽에다 잇는 일
그건 언제나 눈물겨운 일이다
나는 가새,
지금도 나는 벌어진 울음을 운다.

* 가새: 가위의 사투리.

대설주의보

습설濕雪이 하루 종일 내린다는 말,
참 아득한 말이다
아련한 말이기도 하다.
그럴듯한 빌미로
분주한 세상 약속들 텅 비우고 나면
그 빈자리가 도무지 아늑하듯
묶이지도 않은 것이 저렇게
아득하게 온 마을을 덮을 수 있다.
펄펄 날리는 분간分揀들
소나무들은 감당이라는 무게를
간신히 견디고 있는 중이고
강은 그 많은 눈을 받아 내고도 흔적조차 없다.
세상의 적설량들은 모두
강을 피해 쌓인다.
물소리는 오히려 잦아들고
사람의 물품들은 모두
대설 앞에서 간당간당하다.
식어 가는 아랫목들은 불안한 눈금이고
목만 내밀어 어렴풋이 턱으로 가리켜도
이쯤과 저쯤으로 추측되는

샛길과 경계들도 한동안 쉴 참인데

공중엔 눈이 쌓이지 않아

새들은 발자국 하나도 남기지 않는다.

언 귀가 녹으면 꽃이 핀다

아무리 춥다고 해도
움츠리듯, 휘어진 고드름은 없다.

그건, 지붕의 성품이다.

고드름은 한겨울 작황作況,
곧고 미끈한 줄기로 자라는 그건
한여름 오이나 가지 같은 종류이다

빙점은 하루가 문을 닫고 들어간 그쯤에서 집결한다.
헝클어진 것들을 바로 보려고 도립倒立한다.
거꾸로 매달린 의지는 단호하다.
한기를 바르고 칼끝을 벼른다.
야트막한 높이로 언감생심
지구를 관통할 것이다

이제, 낮은 온도에서 언 고드름이 다시
낮은 바닥으로 흘러내린다.
귀가 다 녹고 나면 뒤이어 꽃 피는 소리가 고일 것이다

>
보통, 가는(細) 것들이 멀리 나아가고
멀리 튀고자 하는 것들일수록
그 끝을 좁게 만들지만
그 뾰족한 끝에 빙점을 붙여 놓고
있는 힘껏 아래로 떨어지는 소실점의 일은 드물다

바닥을 딛고 튕겨 오르는
아득한 빙점의 끝
톡, 탁, 톡, 탁
고드름에는 수천 개의 초침이 들어 있어
귀 밝은 밤,
나는 괜히 서럽다.

남강 유등流燈

접시 위에 기름 졸아드는 것은
곧 끝날 일이니
오늘 밤은 유등이 또
두근두근하다 이내
울렁거린다.

놓아주듯, 등을 떠밀 듯
등燈을 놓는 것은 늘 기슭의 마음
한때 밝았던 마음 한쪽을 뚝 떼어 물에 띄우면
등은 또 어둠을 밀며
자기 발밑을 밝힌다.

산이, 들판이 기슭에서 그 이름을 버리고 강으로 걸어가듯
마음의 기슭에서 마음을 버리고 등燈의 등을 떠민다.
그러나 유등,
뚝 멈추지 않고 다만 흐를 뿐
흐르다가 다시 물의 가장자리 풀섶 어디쯤
멈칫거린다.

일렁인다는 것은

아주 떠나지는 않겠다는 것,
떠났으나 아직 차마 머뭇거리겠다는 것,
어두워질수록 더 붉게 타는 물빛

작정하고 보내는 기슭의 마음은
무수히 되돌아온 물 주름으로
다시 별밭을 이루지만
어둠만 총총할 뿐 그 별밭엔 이미
아무것도 자랄 수가 없다.

작정하고 잃어버린 그 자리에
피지직, 심지 하나 꺼진다.
칠흑의 마음을
눈 뜬 손으로
또 더듬는다

달팽이

늙은 목수의 허리춤에
달팽이 한 마리 매달려 있다
이쪽을 저쪽에 묻는 일
혹은 저쪽을 이쪽과 연결할 때
달팽이는 제 몸을 늘이고
또 빠르게 접는다.
그 몸속에는
평생 자신이 재며 가야 할 거리가 들어 있다

목수는 딱 정오를 재고 그곳에 앉아
담배 한 개비의 시간 참을 골몰한다.
한 마리의 달팽이로 평생
내 집을 잰 기억이 없다는 헛헛함과
세상 어딘가에 있을 자신의
집 한 칸을 위해 지구의 곳곳을
재고 또 재는 상상을 하는 것이다

아침을 재고 언젠가 입주할
저녁의 목관을 재는 것이다
만물의 시작과 끝,

그 사이를 천천히 걷는 달팽이
이상한 것은 자신이 잰 길을
조금도 망설이지 않고
다시 거둬들인다는 것이다
눈금 눈금마다 걸었던 길을 반추하듯
되감는다는 것이다

뒷굽의 높이

사내가 구두 한 짝을 벗어
수선공에게 건넨다.
파도가 넘쳤던 해안
허물어진 경사지 같은 뒷굽으로
이탈하려 한 사내의 중력이
삐딱하게 누워 있다.

뒷굽의 높이를 견디려 사내는
아무도 모르게 절름거렸을 것이다
뒤뚱거리지 않으려고 때를 맞춰
닳고 있는 발밑을 수선했을 것이다.
반짝반짝 빛나는 구두코를 위해
틈틈이 지상과 발밑의 틈을
갈아 끼웠을 것이다.

여태 뒷굽의 높이에 매달려 왔다는 것을 안 순간부터
사내는 한 뼘도 안 되는 저 높이에서
여차하면 뛰어내릴 준비를 하곤 했었을 것이다.
깃발처럼 매달린 아내의 눈동자가
더 이상 펄럭거리지 않게

잃어버린 높이를 수시로 복구하는 것이다.

나락은 높아질수록 가까이 있고
높이의 끝에는 텅 빈 허공이 있는 법

새로 갈아 끼운 뒷굽으로 그는 또
허겁지겁 어느 높이를 찾아갈 것이다.
해안에서 부서지는 거품으로
모든 경사지들의 수선공에게로.

만장輓章

백 장의 천이 있다고
다 만장이 될 순 없다.

한 죽음을 적셔 허공을 펄럭일 때
산발한 채 흔들리며 혼을 어루만질 때
천은 비로소 한 개의 만장이 된다.
살아 있는 바람으로 죽음을 견인해 간다.

텅 비어 있는 뼈대의 뒤란을
집집마다 내력처럼 두고 있던 시절
마을에 사람이 죽으면
듬성듬성 푸른 대나무를 베어 갔다.
대밭엔 늘 장례의 일정이
빽빽하게 들어차 있었다
죽은 자를 위해 층층이
관을 짜고 있었다

살아 있는 대나무가 한 일생을 매달고
푸른 숨 죽이며 죽은 사람을 끌고 갔다
꽃들이 산을 오르는 철에도

단풍들이 산을 내려오던 계절에도
바람의 문장으로 마을을 벗어났다

그때
죽은 바람 소리를 듣고 싶다면
죽은 대나무 곁에 서 있어 보라
죽고 나면 바람의 귀도 어두워져
더 큰 소리로 운다.

벽처럼 서서 싸늘하게
칸칸마다 관을 지닌 채 운다.

떨림

흐르는 물속에서 은어 떼들
파르르 떨고 있다
허공에 멈춰 선 잠자리처럼
자디잔 곡선 위에서 가늘게 떨고 있다

절체와 절명의 사이에서
한없이 가벼운 나무의 떨림을 빌려
그 떨림 속에 서 있어 본 사람은 안다.
떨림이란 얼마나 유용한 방편인가.
저울 위의 무게가 제 중심을 잡으려
바늘의 영 점을 고를 때
비로소 제 무게를 알아차리는
그 수순.

흐르는 물속에서
제자리를 지키려 떨고 있는 은어 떼들

살아서는 끝내 영 점에 다다르지 못한다.
영 점에 도달하려 쉼 없이 떠는
그 수순으로 평생을 산다.

멈추지 않는 떨림으로
넘치지도 모자라지도 않는
딱 그만큼의 저 치열한 몸짓,
떨림은 경계境界다.

흐르는 유속에서는 영 점이란 없듯
수많은 떨림이 만든 층계를 밟고
비로소 내가 된다.

제2부

만두

빚은 음식들

가령, 만두는 손이 먼저 맛보는 것일까? 오므린 손바닥 모양으로 동그랗게 빚은 만두. 할머니 입가 빗살무늬처럼 속엣것 안 보이게 촘촘히 입구를 여몄다. 언뜻 꽃을 닮거나 주름을 익힌 모양은 꼭 골똘한 미간 같기도 하고 주름 가득 한 눈웃음의 뒤끝 같기도 하다.

꼭꼭 여몄으나
풀지 않고도 먹을 수 있는
얇은 속의 맛.

야무진 손이 빚으면 야무진 맛이 나고 어설픈 손이 빚은 만두는 쉽게 풀어진 맛이 난다.

세상에는 통째로 들여야 하는 사랑처럼 버무린 채 풀지 않아야 오히려 제맛 나는 것들이 있다.

입 다문 채 피는 꽃들처럼 뜨거운 것일수록 대체로 풀지 않고 여며 가는 것이다.

사거리 감정평가서

반세기를 건너 찾은 사방四方은
어릴 적 내가 살았던 소읍의 작은 사거리다.

나는 그럭저럭 인간의 재화를 감정하는 직업을 얻었다.

사거리를 감정하기 위해선 우선
각지의 모서리를 달래야 한다.
사라지는 차량의 뒤를 세야 하며
햇볕의 노선도를 살펴야 한다.
각각 계절의 선두이거나 후미로 사라지는
길들의 방향도 살펴야 한다.

사거리의 평가가 애틋한 것은
내가 떠나온 방향과 내가 기다린 방향이
서로 마주 보고 있다는 것이다.
사거리에서는 헤어지고 그리워하는 것이 바람처럼 둥글다.

다닥다닥 붙은 따개비 같은 집들과 늙어 가는 대문들
장독대 옆 앵두나무도 헉헉 숨이 차다.
살아 있는 것들은 모두 한때는 흥청거렸던 반경半徑으로

휘어지거나 잠잠해져 간다.

드라이버 끝의 수나사 같은 정착지들
빙글빙글 돌아서 뿌리내린 곳
사거리의 어느 쪽은 내 어머니가 끝까지 바라본
나의 뒷모습이거나 내가 애써 외면한 어머니의 눈빛이다.

어디든 갈 수 있는 사거리,
떠나고 기다리고, 사거리는 지금도 붐비지만
추징 불가의 이자율 같은 그리움이다.

바늘 끝의 거처居處

팔을 걷고 주사를 맞을 때,
가시에 손끝을 찔릴 때
그때 우리는 알게 된다.
사람이 얼마나 좁은 곳인지.
잘 보이지도 않는 그 뾰족한 끝도
쉽게 받아들이지 못하는
좁고 또 좁은 사람들,

미간을 찌푸릴 때 온몸의 신경을 끌어모아
좁고 좁은 틈 하나를 내준다.
그렇게 받아들인 따끔, 아팠던 곳들
지금쯤 이곳저곳에서 잘들 있을까.
가늘고 희미한 소실점들이 아프게 들어간
당신이라는 사람들은 또
그 덕분에
잘들 지내고 있는가.

인간의 몸속으로 무엇을 나르는 일에
바늘 끝보다 더 효율적인 것은 없다.

\>

어떤 바늘은 찌른 그 자리에 머물기도 한다.
늦가을 저녁, 가슴 아래 어디쯤 박혀 따끔거리는
첫사랑, 쉬 빠지질 않는다
바늘귀에 꿴 실 끝을 당기면
우수수 통점痛點들 쏟아져 나온다.
혀로 꽂은 바늘들은 가슴속 여기저기를
헤집고 다니기도 한다.

세상엔 주사 맞듯
아픈 사람들, 그 바늘들이 넘치고
찌르고 찔린 흔적들이 빽빽하다.
누군가를 아프게 했다면
당신 또한 그 바늘 끝보다도
더 좁았던 사람.

중심

중심은 머무르는 것이 아니다.
세상의 어떤 마음이
어떤 가운데에 들어 고요할 수 있겠는가
다만 안간힘으로
버티고 또 버티고 있는 중이다.

비스듬히 누운 나무도
꼿꼿한 나무도
가장 어렵고 불편한 쪽에
중심을 두고 묵묵한 것이다

본래 물체와 중심은
가끔 따로 놀 때도 있다
잠시 중심을 놓고 왔거나
중심의 일부만 챙겨 온 물체들의
비스듬한 결정들도 있다.

인간은 세상의 어느 곳에 서 있어도
그곳이 그의 중심이다.
중심이란 인간들이

이쪽에서 저쪽으로 옮겼다 놨다 하는 일이다

중심은 위치의 문제가 아니라
견디는 힘, 버티는 힘이 있는 곳이다
지구는 우주의 어디쯤에 있을까.
팽팽히 당겨진 끈의 중심은 가운데가 아니라
양 끝에 있다.

동그라미의 유전자

　우주의 형태를 한마디로 말한다면
　그건 아마 동그라미일 것이다.
　동그라미는 크게 두 가지로 나뉜다.
　속이 빈 동그라미는 굴러가고
　꽉 찬 동그라미는 튀거나 날아오른다.

　중력엔 모난 곳이 없다 오히려 모난 것들을 주물러 동그
랗게 만든다. 허공은 감싸기를 좋아한다. 하물며 긴 빗줄기
도 지상의 첫 대면은 동그란 파장이다. 동그라미 하나를 꺼
내 놓고 빗줄기는 강이 된다.

　날아다니거나 굴러다니는 것들을 쫓고 듣기 위해 눈동자
나 귓바퀴가 둥근 것도 그런 연유일 것이다. 흩어지는 파도
소리를 담으려고 소라는 둥근 귀를 나팔처럼 연다. 그러나
눈동자 굴리는 속도로 진실을 따라잡기는 힘들다. 그래서
동그라미는 가장 공평한 모양이다. 동그라미는 어느 방향
의 편도 아니라서 세상 모든 경기들의 스코어를 비웃는다.

　할머니들의 등이 땅에 가까워지면서
　점점 둥근 우주에 접근한다.

모난 것들은 모서리끼리 티격태격 늘 요란하지만
둥글게 화해하면서 고요를 찾는다.

목줄과 밥줄

복슬강아지 한 마리가 목줄에 묶여 있다.

사람의 끼니 사이에서 남은 것들이
개 한 마리를 너끈히 키워 낸다.
개도 사람의 식성으로 같은 식사를 하지만
그건 그릇의 맛으로 나뉜다.
개 밥그릇에 내리는 달빛을 비벼 먹고 빗물에도 씻어 먹는다

사람의 밥줄 사이에는 영원히 순환하는 환전이 있지만
개의 목줄은 반경 2미터의 공간,
그에게 주어진 일생이다
짧은 목줄 안에서 낮잠을 자고 털갈이를 하고
별의 움직임에 두 귀를 쫑긋거린다.

개는 요란한 존재
제 밥그릇은 찌그러진 냄비 하나지만
짖을 때는 온 집 안의 그릇들이 부딪치는 소리를 낸다.
개 짖는 소리는 목줄에 묶이지 않은 천방지축이다

\>

목줄에 묶인 개는 동그란 짐승,
동그란 일생을 산다.

문맹

최소와 최대치의 노력 끝에
드디어 초성初聲에 이르렀다.

그러니까 굽이라는 곳들
삼거리라는 곳들
다 초성만큼은 깨우친 곳들이다
더구나 막다른 곳은 배울 만큼 배운 곳,
고집 센 그 누구라도
어쩔 수 없이 되돌아가게 만드는
설득력 있는 곳이다

나뭇가지 문자형에 끌려 나뭇가지 위에 내려앉은 새들이
잎눈으로 더듬는 나무의 방향을 노래하는가. 가지들이 포
르르 새들의 궤적을 구부러진 손으로 받아쓰는가. 어떤 때
는 점자 더듬듯 바람의 손이 나무를 소리 내어 읽기도 한다.

허리를 구부려 글자를 적고 몸을 뒤척이며 외치는 강, 그
구부러진 물의 초성들이 집합된 한 그루 나무, 막다른 골목
의 마지막 집, 다 제각각의 소리로 자신들이 체득한 처지를
소리 내어 읊는 것이다.

\>

그러니 문맹이라는 말,

함부로 뱉을 수 없는 어디,

숨어서나 가만히 읊조릴 말이다

접시

둥근 접시 가운데

매화꽃 몇 송이 피어 있다

접시는 조심스럽다.

어쩌다가 거품이라도 만나는 날에는 더욱 그렇다.

깨지기 쉬운 것들은 모두 살살 다뤄야 한다.

그러고 보니 설거지통에는 다

조심스러운 것들뿐이다.

거품을 걷어 내고 접시를 꺼내 닦는다.

최선을 다해 두 손을 비비며 용서를 빌듯 접시를 닦는다.

아무래도 나는 전생 아니면 그 전전 생에서라도

접시들에게, 접시 속의 꽃들에게

죄를 지은 것이 분명하다.

닦은 접시를 가지런히 포개 놓는다

그러고 보니 가지런한 것들에게도 나는 지은 죄가 있다

멋대로 헝클어 놓은 젊은 날,

그 흐트러진 젊은 날의 한 귀퉁이가

아직까지도 잘 맞지 않는다.

둥글어지려면 얼마나 더 용서를 빌어야 할까.

와장창, 떨어진 접시들이

여전히 꽃잎처럼 날리는 요즘
접시나 컵이나 내가 지은 죄처럼
조심스러운 것들을 생각해 보니 그것들,
다 아내의 소관이거나 아내의 편이다.
고백하자면 접시를 빌려 용서를 비는 것이다

미끄러운 눈길도, 아슬아슬한 외나무다리도
조심스러운 것들은 모두
전생의 죄를 속죄하는 방법들이다.

무섬마을 외나무다리

영주 무섬마을 내성천의
외나무다리 구경 가서
내 전생의, 얼굴 모르는 원수들
무수히 보고 왔다.
끝 간 데 없이 붉거지던 뺨들이
다리 밑 물빛에 어룽대고 있었다.
돌아보면 걸어온 길
어느 것 하나 외나무다리 아닌 것 있었던가.
옛날 우리 할머니,
처녀 적 죽다 살아난 이야기 하실 때마다
등장하던 그 외나무다리처럼
몇 대의 전생으로 이어진 듯한
그 다리 다 건너는 동안 면면들,
원한쯤은 다 풀렸다는 듯 비켜서서 묵례했다
좁은 외나무다리 위에서 만나는 족족
나는 온순하게, 혹은 전생에게 속죄하듯
한쪽으로 비켜 주곤 했다
물에 빠진다고 해 봐야
기껏 발목이나 적실 깊이,
풀지 못할 원한이 있었다 한들

발목 적시는 일쯤이었던 것을.

모두 다 외발로 걸어온 길이었다.
오래된 바위가 물의 등에 잘게 부스러지면서
흔들리던 그 길을 다 걸어온 물길
이제 잔잔한 흐름으로 누워 있었다

물을 가두다

사월 지나 오월
물이 죄짓는 철이다

논배미마다 갇힌 물은
신작로를 따라가는 미루나무와
잿빛 구름의
수의를 입고 있다

방향을 잃은 물,
찰진 두렁을 따라 돌다
움푹한 곳마다에서 멈칫거린다.
갇힌 물에서는 급기야
와와蛙蛙거리는 항소抗訴가
첨벙거리며 뛸 것이다.

죄짓는 물은 마침내 체념한 채
미세한 바닥과 수면으로 고요하다.
소리도 없이 물에 고인 나무가 흔들리고
이제 곧 재봉선 같은 초록이
줄을 맞춰 자랄 것이다

>
갇힌 물,

벼 이삭 머리 내밀면 그제야 풀려난다.

고로 모든 곡식은 속죄의 결과물이라고

폭염이 쩍쩍 갈라진다.

논이나 저수지에 갇힌 물,

물의 죄는 사람에게

꼭 필요한 존재다.

죽은 척

뒷산 산책길 도토리나무 아래
죽은 벌레들, 동그랗게 몸이 말려 있다.
살아 있는 벌레도 톡, 건드리면
기다란 몸과 무수히 많은
발을 움켜쥐듯 동그랗게 만다.

죽어 보지도 않고
죽은 체하는 벌레들의
생득적生得的 행동
생몰生沒 이전에 이미 배우고 태어나는 경우라면
그들은 이른바 배운 존재들인 것이다.
미물이라고 칭하는 존재들은
이미 배운 것을 일생 동안 다만 행하다 가는 것이다

다지류多肢類들은 하늘 아래
가장 낮은 곳,
땅을 기어 다닌다.
미물은 미물답게 살다 가라는 생득적 교훈을
또 실천하는 중이다.

>

벌레들에게 틈은 곧 모면이고 생生일 것이지만
그 틈조차도 없을 때 죽은 척한다.
척은 늘 반대편에 숨어
사실과 다른 방향으로 가려 한다.
미물들도 그런 척, 안 그런 척에 마지막 한 가닥
희망이 있다는 것을 안다.

가끔 나도 척, 하고 싶을 때가 있다
아는 척, 젊은 척한다.
사실은 이만큼 살고도 겨우 죽은 척하는
생득生得이라는 말
톡톡 건드려 보는 것이다

벼루와 비루鄙陋

벼루와 비루鄙陋에는 어떤 처지가 있나. 온통 오락가락, 또는 머뭇 머뭇거린 흔적이 움푹하다. 일필로 휘지하지 못한 주저踟躇들로 가득하다.

기껏 짐승의 꼬리나 적시던 저 얕은 허방. 비틀거리는 문자나 숙련시키던 비루한 벼루. 갈았을 뿐 닦지는 않았으니 갈고 닦은 서법 하나 못 배출한 선생 같은, 귀퉁이마저 면목 없게 깨져 있다.

그러나 지금도 갈팡질팡 꼬리 하나 찾아오고 쓱쓱 갈면 검은 밤 얕게 고여 나올 단계석端溪石 벼루 하나. 자세히 보면 반짝 별이라도 뜰 것 같은, 취록색의 묘안猫眼이 눈을 깜박이고 있다.

허공을 날아가던 새, 흰 먹물 휘리릭 던져 바위에 거침없이 그려 낸 일필휘지를 우묵한 벼루가 부러운 눈으로 쳐다보고 있다.

만물

창조론과 진화론 사이엔
같거나 비슷한 형상들이 존재한다.

지금의 인간 이전에 또 다른 인간군이 존재했었다고
믿고 싶은 때가 가끔 있다.
그들은 새로 출현한 인류에 쫓겨 모두
돌 속으로 들어가 버렸는지도 모른다.
지상에서 가장 오래된 물질 중 하나가 암석일 것이고
그 암석 속에서 온갖 형상을 찾아내는 사람을 알고 있다

그가 암석 위에 그림을 그리면
어느 사바세계에 숨어 있던 부처도 깨어나고
꽃을 든 소녀도 태어난다.
술래처럼 만물을 찾아낸다.

신神과 석수장이,
신은 사람을 만들었고 석수장이는
돌 속으로 숨어 버린 사람을 캐낸다.
돌 속의 숨 없는 인류는
곳곳에 있다.

바람 숫돌

끝없는 모래 바다,
그 능선을 넘나드는 것은 햇살만이 아니다.

바람이 능선을 간다.
능선을 넘어가며
사막을 갈아 날을 세운다.
바람의 드로잉drawing.

바람이 갈아 놓은 칼날 위를 다시 햇볕이 넘나든다. 내리쬐는 태양에 지친 모래를 몰아와 바람은 사막 깊숙한 곳에 반달 사구沙丘를 띄워 놓기도 한다. 그곳은 생명을 다한 반달들의 무덤이 되기도 한다.

낙타가 떠다니는 모래 바다, 대상隊商들의 행렬은 오전에서 오후를 넘어 바다를 저어 물건을 실어 나른다. 딱정벌레한 마리 칼날 위를 온전하게 걷는다. 밤낮의 크기가 만든, 몸뚱이에 고인 이슬을 먹고 산다.

사막에서 아득한 하루를 쪼개 오전과 오후를 나누는 것은 그 능선이다. 명암이 사구를 넘어가면서 오전은 오후로 그 이름을 바꾼다. 하루가 그곳에서 딱 반으로 나누어진다.

버려진 고독을 갈아 만든 황량한 능선, 바람은 상처 하나 없이 넘나들며 저가 세운 그 경계를 매일 허물었다 다시 세우곤 한다. 조금만 건드려도 무너지는 모래의 칼날, 따지자면 세상에서 가장 어설픈 날이나 동시에 가장 큰 칼날이다

그런 칼날이 지구엔 수없이 많다.
그 칼날은 무엇을 베거나 상처를 주기 위한 것이 아니다.
발을 딛고 서면 오히려
스르륵 허물어지고 만다.

나무들의 고민

봄, 나무들이 고민 중이다.

사람은 한 가지의 고민을 할 수 있어 사람일 것이지만 나무는 가지 끝마다 방향이 고민이다. 서로 부딪치지 않게 고개를 내밀어 얼굴 가득 햇볕을 발라야 한다.

집열판을 달고 기울기를 맞춰 태양을 근무 중이다. 일몰이후에는 노동하지 않는다. 나무들에게 야근은 없다.

흔들리는 지혜의 끝에는 부러지지 않으려는 목적이 매달려 있다. 바람의 반경을 배우고 바람보다 더 휘어지려 노력중이다. 오직 흔들리지 않기 위해 흔들릴 뿐이다.

열매가 동그란 것은 두 가지의 계획이 들어 있기 때문이다. 슬하를 떠나려는 발톱을 감추고 모서리도 둥글게 연마하려 한다.

근친의 그늘을 벗어나려는 열매는 달력, 내년의 달력이다. 작은 달, 큰 달을 적절히 섞고 달 속에 빨간, 파란 색깔의 꿈을 키운다.

꿈의 여린 속살을 단단한 집 속에 감추고 있다.

끌려 나오는 물

넘치는 일은 종종 있지만
물은 끌려 나오는 존재가 아니어서
낚싯대를 치켜든 사내는
한참 동안 물을 끌어내려고 애를 쓰고 있다.
저렇게 큰 물이
꼼지락거리는 작은 미끼를 덥석 물고
팽팽하게 낚싯대를 끌어당길 때
물기슭은 안간힘을 쓰며
물을 감아올린다.

아가미가 있는 물은
가끔 물 밖을 물 때도 있는 법,
물의 진정한 포식자는
사실 물 밖이다

물은 물 밖을 물지만
물 밖이 물을 무는 일 또한 종종 있다.
물은 순탄한 길을 갈 땐 온순하지만
때로는 온몸으로 저항하기도 한다.
두 발을 이기는 물은 없지만

온몸을 이기는 물은 많다

입이 없는 물은 숨을 쉬기 위해
아가미들을 키운다.
파도가 치는 일
물비늘들이 겹겹의 소리를 내는 일
그건 파닥거리는 존재로
물들이 껌벅껌벅 숨을 쉬기 때문이다.

빛나는 것들

빛나는 것들은
밤에 있다.
밤이 있어 비로소 빛나는 것들,
어둠의 곳곳들이
환하게 빛나고 있다.

숨고 싶은 것들이나
숨기고 싶은 것들을 위한 밤은 없다.
어둠은 잠시 빛을 담았던
그릇일 뿐이다

빛나는 것들이란 모두 날카로운 것들,
밤은 어떤 날카로움도 환히 빛나게 한다.
밤길에 내가 만났던 불빛,
마주쳤던 집들은 다 빛나는
창문들이었다.

우리 엄마 같은,
밤은 지극한 배후다
까맣게 숨어서 한 치 앞을 닦아 내놓는

절실한 기도이다

오래 묻혔다 세상에 나온 유물처럼
빛나는 것들은 다
어둠 속에서 자란 것들이다

비와 물

빗방울,
갓 태어난 물이다

다 마른 빨래 속으로
빗줄기가 들면
다시 축 늘어진다.

얼룩이 가장 빈번한 곳은 사실
구름들 듬성듬성한 하늘이다.
그 얼룩진 하늘이 묻은 빗줄기
다시 빨래를 헹구면
비틀린 허공이 주르륵 떨어진다.

굴뚝들은 하늘 쪽으로 뻗어 있다.
내뿜는 한숨도 차들의 굉음도
모두 허공으로 흩어진다.
흩어지는 일들은 상승하는 일이다.
해변에 몰려온 쓰레기들처럼
하늘 기류를 타고 모인 구름엔
굴뚝과 교차로와

연소燃燒된 속도들이 뒤섞여 있다.

빗방울 하나엔 지상의
온갖 아우성들이 가득 들어 있다.
하늘로 오른 만상萬象을 안고 다시
땅으로 내리는 것이다

겨를

늦가을 정오의 마당엔 겨를이 참 많다.

없다, 라는 의미로 바쁜 겨를. 집안의 먼 촌수 중에는 일
생을 겨를로 산 사람도 있다. 늘 시작만 분주했고 마무리가
없던, 겨를 많았던 사람. 말하자면 그는 겨를이 너무 많아
통 겨를이 없었다.

잠깐 한눈을 팔다 돌아보면 그새
햇살은 바지랑대를 돌아가 버리고 없다
자두나무 그늘은 햇살 간지럼에
수시로 깔깔댄다.
빨랫줄에 앉은 잠자리는
저만치에다 제 그림자를 두고
아이의 손가락 사이로, 그 겨를도 날아가 버린다.

천지가 온통
겨를로 바쁘다.
도무지 지체할 겨를이 없다.

제3부

대리

꽃이나 보자고 심었던 초록은
누렇게 황하 빛으로 시들고
대신, 그 자리에 객이 주인인 듯
쪽 한 포기 자잘한 꽃 피운다.

간혹 단명한 부모를 대신하는 억척의 중년을 만날 때
그의 얼굴에서 생전의 아버지가 보이고
또 어머니가 보이기도 하는데

나는 그 누구도,
누구의 단명도 대리하지 않아
이제 이 세상에 닮은 얼굴이라곤 없다

대리한다는 것은 그의 전부를 입는 일
때로는 혼魂까지 받아들이는 빙의,

분홍의 마디풀 쪽,
우려내면 하늘빛 우러나온다는데
여차하면 빈 화분이었을 자리에서
늦여름과 초가을을 대리하고 있다.

등받이의 발명

의자는 누구든 앉히지만
스스로 앉아 본 적은 없다
의자가 특히 이타利他적 사물인 것은
등받이의 발명 때문이다
사람의 앞이 체면의 영역이라면
등은 사물의 영역이지 싶다

기댄다는 것, 등받이는 혈족이나 친분의
한 표상이지도 싶다
갈수록 등이 무거운 사람들
등받이에 등을 부려 놓고
비스듬히 안락을 느끼는 것이다
언젠가 본 등받이 없는 의자에 앉은
취한 남자가 끝까지 넘어지지 않는 것은
아마도 몸에 등받이 달린 의자 하나
들어 있지 싶었다.

취약한 곳에는 대체로
이타적인 것들이 함께 있다
혈혈단신에도 온갖 사물이 붙어 있어

결코 혼자인 것은 아니지 싶다.
등받이는 등 돌리는 법이 없듯이
나는 태어나자마자 어머니의 등에서
절대적인 등을,
등받이를 배운 사람이다.

계산 없이 태어난 사물은 없지만
정작 사물은 계산하지 않는다.
그래서 사물은
일상사 대부분의 표준이 된다.

똑바로 하라는 말

똑바로 하란 말을 종종 들었다면
똑바른 일직선 하나를 애용했다는 뜻이다
휘어지고 구부러진 소용所用을
고민했던 적이 많았다는 뜻이다
어떤 형태든 그곳에 딱 들어맞는 것이
소용의 일이라면,
똑바로 하란 말은 결국
잘 구부러지고
잘 구겨지란 말이다

숲이란 글자는 꼭 숲처럼 생겼다.
나무들이 서로 잘 피하고 어긋나고 엇갈리는 곳
숲은 스스로 자라는 곳이지만
배우지도 않고도 똑바로 자랄 줄 아는
나무들 천지다
똑바른 형태가 궁금하면
숲을 들추고 휘어진 나무들을 보면 안다.

사람의 몸속 무수한 굴절들,
벽면 속 어지러운 배관들도 구부려져 어울린다.

다 사람이 본本이다.

늦가을 국화 꽃잎들이
꼬부라진 채로 꽃술을 껴안고 있다면
그건 또 계절이 그 본이다
똑바른지는 어떤 자(尺)로도 잴 수 없지만
피할 곳은 피하고 돌아가야 할 곳은 잘 돌아서
결국엔 스며드는 일이다.

황혼 무렵 바닷가 모래펄에
게 한 마리 어슷 썰듯 기어간다.
비스듬한 사람의 눈 밖을 부지런히
똑바로 걷는 중이다

4/4박자

그의 왼쪽 팔에 느닷없이
4/4박자 음악이 깃들었다.
허공에 형체도 없이 떠돌던 박자를
유전성 바람이 가져다 넣었다.

뒷마당 감나무 한쪽 몸피에 작년 가을 모진 삭풍이 들었
고 합의도 없이 음지와 양지를 나누어 가졌다. 올해 반쪽만
봄이 온 감나무는 물길이 끊겨 경색梗塞 중이다.

동병상련, 박자가 깃든 손으로 감나무를 짚으니
부르르 풍이 번졌던 것이다.

음치 몸치로 평생을 살아온 그에게 뒤늦게 들어온 박자가
여간 불편하다. 뒤, 뚱, 먼저 간 발이 뒤따르는 발을 참을성
있게 기다린다. 두 박자로 발이 움직이면 나머지 두 박자는
지휘하듯 떨리는 손이 완성한다.

양쪽이 한쪽으로 몰리는 일
남의 손 같은 한쪽 손을 기다려 주는 일
바람이 내린 동행 지침이다.

>

여전히 꿈꾸는 봄이 시커멓게 죽은 겨울 가지 하나를 붙들고 있다. 바람 불어 나쁜 날, 측만(側彎)으로 비스듬히 균형을 잡는다.

빛과 그늘, 함께 그늘이 될 때까지 빛이 그늘을 끌고 간다.

야생 부채

삼월,

이맘때 바람은 늘
산필散筆풍이다

첫 붓을 잡은 어린 학동처럼
필법筆法 밖으로만 좌충우돌한다.
매서운 음지의 바람은 그러다가
느닷없이 절엽切葉식으로 날카롭게 휜다.
그건 바람의 의지가 아니라
농염濃艶의 눈썰미다

누군가 그려 놓고 간
야생 부채에서 보라색 바람이 핀다.

삼월 중순 봄볕은
짱짱한 댓살같이 쫙 펼쳐져 있다
엷게 저민 댓살 위로 한 송이 난이 휜다.
성급히 더워진 양지가
아직은 선선한 음지에게 청한

난초 부채다
지난여름 먹빛 구름을 기억했다가
또는 후덥지근한 날 밤의
마른번개의 필법을 기억해 두었다가
긴 겨울잠 자고 난 봄,
문득 무릎을 친 듯 펼친 줄기마다
어느 맑은 날 밤
유난한 별 몇 송이 모셨다

부채의 계절,
한 계절이 펼쳐졌다가 다시 접힌다.
한 포기 난은 이제 북방 쪽으로
묵직한 괴석 하나를 키우려고 한다.

산문山門

시시비비를 가리는 법치法治들
옛날에는 다 산문 안에서 배웠다.

적요란, 가지런한 밑줄 같아서 긴 물소리로 동그라미를
치고 뉘엿뉘엿 저녁 햇살로 한 밤의 별표를 미리 꺼내기도
했었다. 민둥머리 사람들은 도덕의 최소한最小限인 법조차
도 필요 없는 사람들, 너무 환하여 겨울나무 같거나 뜰의
한 켤레 흰 고무신 같아서 텅 비웠거나 가지런히 스스로 있
었다.

산문 밖에는 너무 많은 법이 스스로 위법하고 있다. 한 무
리가 떼를 지어 법을 깔고 앉았거나 구성요건構成要件도 허
물어진 정서가 법인 양 설쳐 댄다.

산문 안에서는 산문 밖이 가장 멀다. 상점도 술집도 즐거
운 일들도 너무 멀리 있다. 이쪽을 저쪽으로 나누는 일이나
저쪽을 이쪽으로 나누는 일은 종이 한 장이면 족하다. 공부
란 소음을 걸러 내는 일, 귀로 외운 항목들이라 귀를 설득
할 수 있다고 믿었다.

>
옛날의 죄와 요즘의 죄는 다르다
유행을 타는 죄와 법이
앞서거니 뒤서거니 동행한다.

바늘방석

하나둘 바늘의 흔적이 빠지는
저기 저 공원 벤치의 초점 없는 노인들
너덜해진 세월을 뭉개고 앉아 있듯
어쩌다 맨바닥에
겨울 한기를 깔고 앉아 있다 보면
시린 온도들도 참
갈 곳이 없는 존재들이라는 것을 알게 된다.
닿는 온기마다 집요하게 파고드는
뾰족한 추위들, 체온을 따라
그 끝이 무뎌지고 싶은 것이다

바늘에게도 방석이 있다는 말
둥근 쌈지에 꽂혀 있던 바늘들
뜯어져 바람 드는 솔기를 촘촘하게 꿰매는 성격은
우리 집 안채의 내력과 닮았다.

어떤 자리는 두꺼운 방석을 깔고 앉아도
따갑고 추운 자리가 있다.
늙은 고시생의 아내는
매년 돌아오는 추석의 시댁 방석이 너무 아팠다.

쉼 없는 낙방은 바늘방석을 만들었고
아내는 죄인인 양
그 방석 위에서 안절부절했다.

전철 안, 앉아 있는 학생 앞에
젊은 할머니가 서 있다
바늘은 자는 척 감은 눈가에서
파르르 떨린다.

바늘방석은 늘
무엇인가가 허물어진 곳에 돋아난다.

모색摸索

겨울 끝자락을 뚫고
매화꽃 몇 송이 고목에 피었다.

늙은 아브라함과 사라의 기별처럼 백 년이 가까운 고목에
서 모색이 돋아났다는 기별을 받았다.

꽃에 기댄 백 년

못생긴 수형에 기댄 그 백 년 동안 촉수를 들어 우주를 골
똘하게 타진했을 몇 송이 모색

고택의 담장은 꽃의 온기로 따뜻하고 집은 점점 늙어 간
다. 기울어진 집이 세월을 붙들고 서 있나, 세월이 기울어
진 집을 붙잡고 있나 돋아난 햇꽃 향기가 사뿐, 담장을 넘
고 있다.

간밤이 하얗게 살짝 얹힌 지붕이
똑똑 물방울 놀이에 빠진 한낮

슬그머니 늙은 나뭇가지를 버리고 불문율과 세습과 통섭

을 버리고 툭, 제멋대로인 햇꽃 몇 송이 단, 모색

지붕도 없는 허공을 방향도 없이 걷는 눈부신 탐색
고목에 연기演技처럼 피어나 아른거린다.

흑백영화처럼 옛날에서 피어난 오늘이
싱싱하다.

눈으로 논다

놀이공원 벤치에 앉아 있는 노인들 눈으로 놀고 있다

눈으로 뛰고 눈으로 들썩거린다. 간간이 터져 나오는 웃음은 열심히 놀고 있는 눈을 격려하는 중이다. 모든 놀이가 빠져나간 몸 어디에도 즐거운 곳이라곤 없지만 유독 눈만은 흐뭇하고 즐거운 이유는 놀고 있는 한 무리 아이들이 바로 자신의 품에서 빠져나간 그 놀이들이기 때문이다.

햇살들이 나뭇잎 사이에서 반짝반짝 놀고 어지러움들은 회전하는 놀이 기구에서 빙글빙글 놀고 저 멀리 즐거운 아이들은 흐뭇한 노인들의 눈에서 까르르 논다 두 다리와 팔과 웃음에서 빠져나간, 누구나 한때 몸속에 지녔던 아이들 이제 다시 눈으로 마음으로 되돌아와 지나간 놀이를 놀고 있는 것이다.

이제는 너무 많은 것을 알아 버린 노인들

의인화擬人化들의 허풍을 알아차리고 구름은 더 이상 솜사탕이 아니며 실체가 없는 동화의 주인공들이란 한 권의 책에 불과하다는 것을 눈치챈 눈으로 오후의 햇살을 담뿍

담아 놓고

아이들의 철없는 관절들을 부추기고 있다

기러기 발

현악絃樂을 가로질러
비스듬히 날아가는 기러기들
이 철탑과 저 철탑 사이를
열두 줄 전선이
끼룩끼룩 팽팽하다.

기러기들은 날 때
가지런히 발을 접고 난다.
그러다 평사낙안平沙落雁,
랜딩 기어를 내리듯 발을 꺼낸다.
기러기들 날아오면
저 물빛들 팽팽해지고
그 물빛 사이를
첨벙거리는 탄주彈奏가 있다

가끔 마음이 뻐근해질 때
곧 얼어 버릴 수면이
쩡쩡 열두 줄 실금을 매듯
기러기들, 그 시린 발 같은
흐느낌을 팽팽하게 맨다.

\>

너 내게,
그 흐느끼는 울음을 매 놓고 갔다
뒤도 돌아보지 않고 훌쩍
기러기 날듯
가지런히 발 접고 갔다

발에 원한진 마음으로
열두 줄 손으로 누르고 뜯으며
가을 하늘을 난다.

한 점의 중심

아버지가 앞장서서 지팡이 하나로 구멍을 뚫으면
뒤따르는 나는 콩 몇 알을 그 구멍 속으로 집어넣었다.

그 앞장선 한 점에서 발아한 콩 포기는 어떤 중심보다도
견고해서 수백 번 방향을 바꾸며 지나가는, 여름과 가을을
바짝 말려 들여놓는다.

받쳐 줄 곁이 없다는 것을 식물들은 이미 알고 있는 눈
치다. 한 알의 콩에서 자라난 한 포기는 다시 무수한 순을
틔워 낸다.

앞장서서 논둑에 지팡이 끝을 박아 넣던 그는 지금 다시
한 점을 따라 길을 걷는다. 아마 모르긴 해도 마지막 어느
한 점에서 그는 자신을 단단히 박아 넣을 것이다. 그러고는
어떤 중심에도 깃들지 않을 것이다.

끝내 넘어질 어느 한 곳을 찾는 각오는 의외로 담담하다.
이제 뒤이어 틔울 싹 같은 것은 없다.

한 점은 중심 중에서도 가장 좁은 중심이다

마치 바늘 끝 같은 한 점, 때로는 자신마저도 그 중심을 잊어버리곤 한다.

태풍이나 벌레처럼 중심은 기우뚱거리는 곳으로 찾아든다. 쓰러지려는 나무는 기우뚱거리는 중심으로 버티다 더 이상 여지가 없다 싶으면 자신의 중심을 텅 비워 놓을 것이다

연기는 바람의 중심으로 이미 정평이 나 있다.

탑 쌓는 노인

뒷산을 오르다 탑 쌓는 노인을 만났다.
노인과 나는 잠시 짬을 내어
엉킨 숨을 고르는 사이가 되었다.
무엇을 더하거나 빼는 일,
세상에 그런 사연 없는 사람들 있을까.
궁금해서 넌지시 물어보니
한참을 더듬다 하는 대답이
탑의 끝, 그 위태로운 끝으로
하늘 한 귀퉁이를 받치려 한다는 것이었다.
그는 불시에 무너진 하늘 한 귀퉁이를
수리하고 있는 중이었다.

온통 사방이, 위아래가
뒤섞이는 일이 있었다는 것이다
아래를 아래로 찾고
위를 위로 찾고
또 무너진 일들 속에서 사방을 찾는 일
몇천 년 혹은 몇백 년 전에 무너진
돌들을 찾아 두 손으로 모셔다가
천 길이나 되는 먹먹한 이름의

밑을 받치는 중이라 했다

이 산은 고작 아침나절의 높이지만
노인이 쌓는 1미터의 높이와 환산된다.
탑 쌓는 노인의
오늘 등반 목표량이기도 할 것이다.

표정의 집

겨울 저녁, 벤치 위 노인 하나
영하의 추위처럼 앉아 있다
웅크린 그의 표정은 냉방이다.
그가 가진 확실한 것은 표정뿐이므로
그는 결국 자신의 표정에 입주한 셈이다
표정은 헝클어진 잡동사니들로 늘 비좁다.
밝고 현란한 불빛은 표정 밖에 두고
그는 어둑한 모서리들을 더듬는 듯
텅 빈 눈빛이다
가구처럼 들어앉은 기억들을 들추면
작은 불씨처럼 미지근해지는 아랫목이 있지만
악천후들은 집요하게 따라다닌다.
그의 남루는 적어도 혼자서
서너 명의 자리를 차지하고 앉아 있다
남루 곁에 앉으려는 사람은 아무도 없겠지
밝고 즐거웠던 표정들은 견디다 못해 집을 나가 버렸을
것이고
몰래 이사 간 어느 주소를 수소문하는 듯
초점 없는 눈빛엔 팔 차선 도로 건너편
상점의 불빛들만 아련하다.

지나가는 사람들, 어떤 이는 자신의
미래를 본 듯 놀라거나
지나간 과거의 날들인 양 외면이 바쁘다.
그러거나 말거나 미래와 과거들은 오늘도 바쁘다.
가을, 겨울 계절이 바뀌어도 그는 내내
같은 표정의 집에서 산다.
저녁 어스름이 내려앉고
소주 한 병으로 군불을 지피면
그의 표정에선 오래전 아이 하나가
중얼중얼 놀다 가기도 한다.

빗방울 화석

빗방울 화석을 처음 보았을 때
적잖이 실망을 했다.
빗방울 그 동그란 결정체가
한 웅덩이만큼 고여서
첨벙거리고 있을 줄 알았다.

빗방울 화석, 거기엔
무수한 빗방울이 음각으로 박혀 있는,
어린 날 외가 쪽 먼 친척 아주머니 얼굴 같은,
방울은 다 튀어 나가고
튄 자국만 성성하게 얽어 있었다.
그러고 보면
그 옛날 흔하게 보았던
빗방울 여럿 튄 얼굴들
그 자국에 세상 빗물 다시 내려 고이던
빗방울 화석은 마을마다 흔했다.

그러나 겉과 달리 빗방울 속은
긴 가뭄같이 딱딱하게 말라 있다.

\>

아직 채 여물기도 전

비수처럼 파고들던 빗방울의 상처

속까지 파고들면 무너질지도 몰라

세상 소나기 겉으로만 받고

단단한 속까진 절대로 들이지 않겠다는

빗소리처럼 외치는 듯했다.

위로

오른손 손바닥으로
왼손의 등을 어루만질 때
그건, 내가 나에게 하는 위로다

젊은 사람은 언성을 높이고
늙수그레한 사람은 두 손을 공손히 맞잡고 있다
몸 둘 바를 모를 때
손은 또 얼마나 숨죽이고 있는가.
그때 난처한 왼손을
오른손이 감싸 쥐고 있다
질책을 듣는, 맞잡은 두 손
이때 두 손은
다소곳한 귀가 된다.

평소에는 남남인 듯
손등은 손바닥을 한 번도 본 적이 없다.
양손엔 각자의 셈이 건너다니지만
한 손이 아프면 재빨리 다른 한 손이
움켜쥐고 참아라, 참아라, 한다.

\>

손은 한 몸의 수족이지만

타인인 듯 협력 관계다

외로울수록 두 손은

서로의 등을 번갈아 가며 다독인다.

손바닥으로 손등을 감쌀 때

어느 쪽이 더 따뜻할까.

문득, 내 아버지 입관할 때

두 손 나란히 포개 놓았던 기억이 난다.

낮은 힘

흙탕물 받아 놓고 반나절
흐릿하던 탁류는 어느새
바닥에 다 가라앉아 있다
막론莫論하고,
낮아져 뭉치는 것들은 힘이 된다.
누군가 저으면 확, 일어나는 그 힘이 된다.
붕붕 뜨는 마음도 한나절 가라앉히면
온갖 오리무중들
무릎을 탁, 치는 해답의 힘이 된다.

힘은 가장 낮은 곳에 있다.
폭풍 속 나무들의 버티는 힘
달리는 자동차들의 마력
아무리 큰 돌도
그 밑에 지렛대 넣으면 들썩이고 만다.
모두 바닥의 힘이 붙들고 있는 것들이다

바닥이 반란하면 고층도 무너지고 만다.
어머니는 바닥으로 낮아져
붕붕거리며 이탈하려는 나를 지켰다

>
세상의 낮은 곳으로 눈 쌓이고
물은 흘러가는 힘으로 뭉쳐진다.
낮은 힘으로 아래를 누르고 서 있는 저 탑들도
구름을 계측하고 있지 않은가.

모두가 회피하는 낮은 곳에
굳건히 버티는 힘이 있다.

졸음

늦봄 오래된 이발소 앞
나이 지긋한 이발사가 꾸벅꾸벅 존다.
벽에 걸린 액자 속
칠 벗겨진 참새도 함께 졸고 있다

저이는 끝을 다듬는 사람
무뎌진 가윗날로
쓱싹쓱싹 웃자람을 깎는 사람
미닫이문 앞 화분들도 한가한데
나른한 햇살 면도 중일까.
어떤 햇살엔 따뜻한 날이
제법 날카롭게 서 있다

어깨를 맞댄 두 짝 미닫이문은
한 백 년 가까이 살아온 노부부 같다
칠 벗겨진 칸칸마다 햇살,
깜냥만큼 받아들인다.

이발소 바닥은 잘린 웃자람이 너저분해야
성업일 텐데, 얼룩 묻은 햇살 말고는 깔끔하다

널브러진 끝이 없다.
고양이 속눈썹처럼 왔다가
바닥 가득 졸음이 깔리는 봄

웅크린 채 졸음에 빠진 이발소가
난로 위 주전자 물 끓는 소리에
움찔움찔 어깨를 들썩인다.

한 벌 잠의 날개

나비는 한 벌 잠의 날개다.
오랜 잠을 깬 애벌레
하필 졸음 많은 봄일까.
아지랑이를 타고 너울 비행을 하는
나른한 장자莊子의 해몽.

나비는 날아다니는 봄인가.
봄은 나비의 날개 위에 잠드는가.
봄꽃들마다 겹겹이나 홑겹의
방석을 깔아 놓고
오지 않으면 피지 않겠다는 듯
나비를 기다린다.

앉은 채 동구 밖을 꿈꾸는 노인의
잠을 깨우고 가는 봄바람의 흰 머리카락엔
아직 흰서리가 묻어 있다.
꽃을 타고 너울너울 산을 오르는
봄날의 꿈이
이승인 듯 저승인 듯
까무룩하다.

>
나비의 날개 위에서 졸던 봄
날갯짓 두어 번에 꽃잎 지듯 내린다.
나비는 아직 잠의 날개 속에 있는데
그 봄, 내 할아버지는
꽃상여 그늘 속
긴 잠에 드셨다.

대팻밥

목수는 대패로 밥을 짓는다.
나무로 지은 나무 밥이다
대패아가리에서 쏟아지는 밥들은
둥글게 몸을 말았다.
마치 나무 속에 들어가 겨울잠을 자던 벌레가
화들짝 놀라 또르르 제 몸을 만 것 같은
그 얇은 모양,
그건 어쩌면 참고 있던
나무의 원심력 같은 것일 텐데
목수의 밥도 그와 같은 본성인 것이어서
한곳에서 오래 견딘 나무의 참을성을
다듬고 또 다듬는 것이다

순간을 말면서 굴러 나오는,
몸속에 쟁여 두었던 사계절을 발라내고
깜짝 놀라곤 했던 천둥소리도, 번갯불 빛도 훑어 낸다.
오랜 세월 차곡차곡 채워 넣었던 것들을
되새김질처럼 토해 낸다.

세상에는 너무 얇아서

살아나거나 살아가는 존재들이 있다.

그건 어떤 갈피를 타자는 속셈 같은 것들이어서

종잇장이나 홀씨들처럼

나무는, 얇은 밤으로 초록을 견디는 것이다

봄이 오고 얇은 불씨처럼

연둣빛으로 일어나는 것이다

아득한 잠

웅크려 잠든 여자의 품에
빗소리가 안겨 있다
여자는 지금 한기寒氣를 덮고 있다

웅크린다는 것,
얼마나 유용한 이불인가.

여자는 이미 오래전에 떠난 품속을
다시 품고 있는지도 모른다.
추적추적 우는 아이를 달래는 듯
저 빗소리,
베란다 창문을 넘어와
여자의 품속
마른 젖가슴을 파고들 때마다
스멀스멀 젖이 돈다.

저 웅크린 잠의 등
몇십 년을 내리 꿈만 꾸는 듯한
한 번도 넘어 보지 못한 절벽이다
그 절벽이 아득한 잠을 품고
오르락내리락
숨을 쉬고 있다

낮게 웅크린 것들의 힘, 원圓의 상징

권경아(문학평론가)

1

배종영의 첫 시집 『천 권의 책을 귀에 걸고』에는 둥근 원圓의 이미지가 삶에 대한 철학적 인식으로 관통하고 있다. 이 시집에서 원은 조화와 화합의 형식이며 소통과 공감하는 삶의 방식으로 그려진다. 시인은 "반세기를 건너 찾은 사방四方은/ 어릴 적 내가 살았던 소읍의 작은 사거리"(「사거리 감정평가서」)라고 말한다. 원의 순환 운동처럼 돌아와 다시 처음 그 자리에 서서 인간의 삶을 넘어 우주의 원리를 깨닫는다. "우주의 형태를 한마디로 말한다면/ 그건 아마 동그라미일 것이다"(「동그라미의 유전자」)라는 시인의 사유는 철학적 인식을 바탕으로 나아가며 인간과 삶을 '원圓의 상징'으로 바라본다. "모두가 회피하는 낮은 곳에/ 굳건히 버티

는 힘"이 있고 "빛나는 것들은/ 밤에 있"(「빛나는 것들」)으며
"똑바로 하란 말은 결국/ 잘 구부러지"(「똑바로 하라는 말」)라는
말이다. 하강은 곧 상승이며 극과 극은 서로 맞닿아 있다.
이 시집에서 그려지는 낮게 웅크린 것들의 강한 힘, 순환과
합일의 둥근 '원圓'의 상상력이다.

2

원은 하나의 이상적인 형태이며 조화의 상징체이다. 원
은 자연의 섭리 속에서 그 모습을 나타낸다. 태양과 달이 뜨
고 지는 것은 물론 그들 자체의 모습도 역시 둥글다. 계절의
변화도 언제나 있었던 장소로 되돌아온다는 점에서 둥글게
돌아가고 있다. 한 인간의 삶도 어린 시절에서 어린 시절로
돌아간다. 이러한 둥근 모습은 움직이는 힘이 존재하는 모
든 곳에 적용된다고 할 수 있다.

반세기를 건너 찾은 사방四方은
어릴 적 내가 살았던 소읍의 작은 사거리다.

나는 그럭저럭 인간의 재화를 감정하는 직업을 얻었다.

사거리를 감정하기 위해선 우선
각지의 모서리를 달래야 한다.

사라지는 차량의 뒤를 세야 하며
햇볕의 노선도를 살펴야 한다.
각각 계절의 선두이거나 후미로 사라지는
길들의 방향도 살펴야 한다.

사거리의 평가가 애틋한 것은
내가 떠나온 방향과 내가 기다린 방향이
서로 마주 보고 있다는 것이다.
사거리에서는 헤어지고 그리워하는 것이 바람처럼 둥글다.

다닥다닥 붙은 따개비 같은 집들과 늙어 가는 대문들
장독대 옆 앵두나무도 헉헉 숨이 차다.
살아 있는 것들은 모두 한때는 흥청거렸던 반경半徑으로
휘어지거나 잠잠해져 간다.

드라이버 끝의 수나사 같은 정착지들
빙글빙글 돌아서 뿌리내린 곳
사거리의 어느 쪽은 내 어머니가 끝까지 바라본
나의 뒷모습이거나 내가 애써 외면한 어머니의 눈빛이다.

어디든 갈 수 있는 사거리,
떠나고 기다리고, 사거리는 지금도 붐비지만
추징 불가의 이자율 같은 그리움이다.

                    —「사거리 감정평가서」전문

이 시는 깊은 철학적 인식을 완성도 높은 시적 형상화로 보여 주고 있다. "반세기를 건너 찾은 사방四方"은 바로 시인이 어릴 적 살았던 소읍의 "작은 사거리"이다. "인간의 재화를 감정하는 직업"의 감각으로 다시 찾은 "작은 사거리"를 감정한다. "각지의 모서리를 달래"고 "사라지는 차량의 뒤"도 세야 하며 "햇볕의 노선도"도 살핀다. "계절의 선두이거나 후미로 사라지는/ 길들의 방향"도 살피며 평가를 해야 한다. 이 사거리의 평가가 애틋한 것은 시인이 "떠나온 방향"과 "기다린 방향"이 서로 보고 있기 때문이다. 이 사거리에서는 "헤어지고 그리워하는 것이 바람처럼 둥"글기 때문이다. 삶의 여러 곳을 "빙글빙글 돌아서 뿌리내린 곳"은 떠났던 바로 그곳. 어머니가 끝까지 바라보던 "나의 뒷모습"과 "내가 애써 외면한 어머니의 눈빛"이 "그리움"으로 물드는 곳. "떠나고 기다리고"가 반복되는 "어디든 갈 수 있는" 그럼에도 언제든 돌아오게 되는. 순환의 상징 '원圓의 상상력'이다.

고대 신화는 인간의 삶을 상징화하는 구조와 내용으로 구성되어 있다. 고대로부터 여러 문화권에서 발견되는 "꼬리를 삼키는 자"라는 뜻을 지닌 우로보로스는 자신의 꼬리를 물고 삼키는 형상으로 표현되는 신성한 '원圓'의 상징이다. 우로보로스는 자신의 꼬리를 물고 있는 순환적 형태를 취하고 있기 때문에 자연스럽게 순환과 합일, 원환 이미지를 떠올리게 한다. 바슐라르는 "자신의 꼬리를 물고 있는 뱀의 모습은 삶에서 나오는 죽음, 그리고 죽음에서 나오는 삶, 삶

과 죽음의 물질적 변증법"이라 말한다. 시작과 끝, 떠남과
돌아옴이 순환 반복되는 인간의 삶, 곧 우주의 모습이다.

우주의 형태를 한마디로 말한다면
그건 아마 동그라미일 것이다.
동그라미는 크게 두 가지로 나뉜다.
속이 빈 동그라미는 굴러가고
꽉 찬 동그라미는 튀거나 날아오른다.

중력엔 모난 곳이 없다 오히려 모난 것들을 주물러 동그
랗게 만든다. 허공은 감싸기를 좋아한다. 하물며 긴 빗줄
기도 지상의 첫 대면은 동그란 파장이다. 동그라미 하나를
꺼내 놓고 빗줄기는 강이 된다.

날아다니거나 굴러다니는 것들을 쫓고 듣기 위해 눈동
자나 귓바퀴가 둥근 것도 그런 연유일 것이다. 흩어지는 파
도 소리를 담으려고 소라는 둥근 귀를 나팔처럼 연다. 그
러나 눈동자 굴리는 속도로 진실을 따라잡기는 힘들다. 그
래서 동그라미는 가장 공평한 모양이다. 동그라미는 어느
방향의 편도 아니라서 세상 모든 경기들의 스코어를 비웃
는다.

할머니들의 등이 땅에 가까워지면서
점점 둥근 우주에 접근한다.

모난 것들은 모서리끼리 티격태격 늘 요란하지만

둥글게 화해하면서 고요를 찾는다.

　　　　　　　　　　　　　　　—「동그라미의 유전자」 전문

　시인은 "우주의 형태를 한마디로 말한다면/ 그건 아마 동그라미일 것"이라 말하고 있다. "모난 것들을 주물러 동그랗게 만"드는 중력. "동그란 파장"으로 "지상"을 "첫 대면"하는 "빗줄기". "동그라미는 어느 방향의 편"도 아니다. 동그라미는 어느 방향에서 바라보아도 같은 모양이다. 어느 방향의 편도 아니고 조화를 이루는 "가장 공평한 모양"이다.

　할머니들의 등이 굽어 땅에 가까워지는 것은 "점점 둥근 우주에 접근"하는 것이다. 모난 것들은 모서리끼리 요란하다 "둥글게 화해하면서 고요를 찾"는다. 점점 동그라미가 되어 가는 것이다.

　동·서양을 막론하고 원은 신이 만든 가장 완전한 도형으로 간주되어 왔다. 플라톤은 "구는 표면의 어느 지점에서나 중심과 등거리이므로 가장 완벽하고, 가장 균일한 형체"라고 하였으며 아리스토텔레스도 "원과 구, 이것들만큼 신성한 것에 어울리는 형태는 없다. 그러기에 신은 태양이나 달 그 밖의 별들 그리고 우주 전체를 구 모양으로 만들었고 태양과 달 그리고 모든 별들이 원을 그리면서 지구 둘레를 돌도록 하였던 것이다"라고 말하고 있다. 파르메니데스 또한 "유일한 참 존재는 일자—者인데 이 존재는 아주 둥근 구球와 유사한 것으로, 그 힘은 중심에서 어느 방향으로 나아가든지 일정하다"고 했다. 서양 심리학에서는 원의 특성을 인간 내면의 원형, 본성의 상징이라고 설명한다. 칼 융은 이러한 관계를 '정신의 원형'이라 말하며 진리 본체의 상징으로서 원의 의미와 특성을 깨닫는 것은 인간의 마음 전체성과 본성과 영원히 변화하는 우주 만물의 궁극적인 전체성을 보는 것이라 설명하기도 한다.

뒷산 산책길 도토리나무 아래
죽은 벌레들, 동그랗게 몸이 말려 있다.
살아 있는 벌레도 톡, 건드리면
기다란 몸과 무수히 많은
발을 움켜쥐듯 동그랗게 만다.

죽어 보지도 않고
죽은 체하는 벌레들의
생득적生得的 행동
생몰生沒 이전에 이미 배우고 태어나는 경우라면
그들은 이른바 배운 존재들인 것이다.
미물이라고 칭하는 존재들은
이미 배운 것을 일생 동안 다만 행하다 가는 것이다

다지류多肢類들은 하늘 아래
가장 낮은 곳,
땅을 기어 다닌다.

미물은 미물답게 살다 가라는 생득적 교훈을
또 실천하는 중이다.

벌레들에게 틈은 곧 모면이고 생生일 것이지만
그 틈조차도 없을 때 죽은 척한다.
척은 늘 반대편에 숨어
사실과 다른 방향으로 가려 한다.
미물들도 그런 척, 안 그런 척에 마지막 한 가닥
희망이 있다는 것을 안다.

—「죽은 척」부분

    시작과 끝, 삶과 죽음의 도치와 같은 방식, 우로보로스
의 순환적 '원圓의 상징'은 이 시에서 동그랗게 몸을 말아
"죽은 척"하며 살아남는 방식을 체득한 벌레의 생태를 통해
그려지고 있다. "죽은 척"하며 생을 획득하고 있는 벌레.
죽음으로 살고, 삶을 위해 죽는. 바슐라르가 설명한 "자신
의 꼬리를 물고 있는 뱀의 모습은 삶에서 나오는 죽음, 그
리고 죽음에서 나오는 삶, 삶과 죽음의 물질적 변증법"이
라 할 수 있다.
    이러한 극과 극의 변증법은 가장 낮은 곳에서 강한 힘을
발견하게 되는 것에서도 잘 드러난다.

흙탕물 받아 놓고 반나절
흐릿하던 탁류는 어느새

바닥에 다 가라앉아 있다
막론莫論하고,
낮아져 뭉치는 것들은 힘이 된다.
누군가 저으면 확, 일어나는 그 힘이 된다.
붕붕 뜨는 마음도 한나절 가라앉히면
온갖 오리무중들
무릎을 탁, 치는 해답의 힘이 된다.

힘은 가장 낮은 곳에 있다.
폭풍 속 나무들의 버티는 힘
달리는 자동차들의 마력
아무리 큰 돌도
그 밑에 지렛대 넣으면 들썩이고 만다.
모두 바닥의 힘이 붙들고 있는 것들이다

바닥이 반란하면 고층도 무너지고 만다.
어머니는 바닥으로 낮아져
붕붕거리며 이탈하려는 나를 지켰다

세상의 낮은 곳으로 눈 쌓이고
물은 흘러가는 힘으로 뭉쳐진다.
낮은 힘으로 아래를 누르고 서 있는 저 탑들도
구름을 계측하고 있지 않은가.

모두가 회피하는 낮은 곳에
굳건히 버티는 힘이 있다.

—「낮은 힘」 전문

흙탕물을 받아 놓고 반나절만 기다리면 흐릿했던 탁류는
어느새 맑아져 있다. 물을 흐렸던 흙이 바닥에 다 가라앉아
"낮아져 뭉"쳐 있는 것이다. 그러다가도 누군가 확 저으면
거세게 일어나 다시 흙탕물을 만든다. 어지러운 마음, 붕
붕 뜨는 마음도 한나절 가라앉히면 "무릎을 탁, 치는 해답
의 힘"이 된다. "힘은 가장 낮은 곳에 있다"고 시인은 말한
다. 아무리 큰 돌이라도 그 밑에 지렛대를 넣으면 들썩이게
된다. 이것은 모두 "바닥의 힘"이다. 가장 낮은 바닥의 가
장 큰 힘. "붕붕거리며 이탈하려는" 시인을 지킨 것도 바닥
으로 낮아지신 어머니. "모두가 회피하는 낮은 곳에/ 굳건
히 버티는 힘"이 있는 것이다.

빛나는 것들은
밤에 있다.
밤이 있어 비로소 빛나는 것들,
어둠의 곳곳들이
환하게 빛나고 있다.

숨고 싶은 것들이나
숨기고 싶은 것들을 위한 밤은 없다.

어둠은 잠시 빛을 담았던
그릇일 뿐이다

빛나는 것들이란 모두 날카로운 것들,
밤은 어떤 날카로움도 환히 빛나게 한다.
밤길에 내가 만났던 불빛,
마주쳤던 집들은 다 빛나는
창문들이었다.

우리 엄마 같은,
밤은 지극한 배후다
까맣게 숨어서 한 치 앞을 닦아 내놓는
절실한 기도이다

오래 묻혔다 세상에 나온 유물처럼
빛나는 것들은 다
어둠 속에서 자란 것들이다

—「빛나는 것들」 전문

극과 극의 변주는 이 시에서 '빛'과 '어둠'으로 나타난다.
빛나는 것들은 모두 밤에 있는 것이다. 밝고 환한 낮에는
빛이 무력하다. 밤이 되어야 비로소 빛이 난다. 어둠 속에
서만 환하게 빛날 수 있다. "오래 묻혔다 세상에 나"와야 유
물이 된다. "빛나는 것들은 다/ 어둠 속에서 자란 것들이다"

똑바로 하란 말을 종종 들었다면
똑바른 일직선 하나를 애용했다는 뜻이다
휘어지고 구부러진 소용所用을
고민했던 적이 많았다는 뜻이다
어떤 형태든 그곳에 딱 들어맞는 것이
소용의 일이라면,
똑바로 하란 말은 결국
잘 구부러지고
잘 구겨지란 말이다

숲이란 글자는 꼭 숲처럼 생겼다.
나무들이 서로 잘 피하고 어긋나고 엇갈리는 곳
숲은 스스로 자라는 곳이지만
배우지도 않고도 똑바로 자랄 줄 아는
나무들 천지다
똑바른 형태가 궁금하면
숲을 들추고 휘어진 나무들을 보면 안다.

사람의 몸속 무수한 굴절들,
벽면 속 어지러운 배관들도 구부러져 어울린다.
다 사람이 본本이다.

늦가을 국화 꽃잎들이
꼬부라진 채로 꽃술을 껴안고 있다면

그건 또 계절이 그 본이다

똑바른지는 어떤 자(尺)로도 잴 수 없지만

피할 곳은 피하고 돌아가야 할 곳은 잘 돌아서

결국엔 스며드는 일이다.

황혼 무렵 바닷가 모래펄에

게 한 마리 어슷 썰듯 기어간다.

비스듬한 사람의 눈 밖을 부지런히

똑바로 걷는 중이다

─「똑바로 하라는 말」전문

똑바로 하라는 말을 종종 들었다면 그것은 "똑바른 일직선 하나를" 고수했다는 것이다. 각기 다른 일들에 대해 "똑바른 일직선 하나를" 기준으로 삼아 적용하며 한 길을 걸어갔다는 것. "어떤 형태든 그곳에 딱 들어맞는 것이/ 소용의 일"이라 한다면, 결국 일마다 서로 다른 적용을 해야 한다면 "똑바로 하란 말"은 결국 "잘 구부러지고/ 잘 구겨지란 말"이다. 똑바로 자란 나무가 숲을 이룬 것 같지만 사실 숲을 들춰 보면 "휘어진 나무들"이 보인다. "나무들이 서로 잘 피하고 어긋나고 엇갈리는 곳"이 곧 숲이다. 큰 나무를 피해서 비어 있는 공간 쪽으로, 큰 나무들 사이에서 햇볕을 받을 수 있는 방향으로 몸을 뒤틀고 휘어진 나무들이 바로 '똑바른 형태로 자란' 나무이다. 사람의 몸속 기관도 모두 "구부러져" 어울려 있는 것이다. "게 한 마리 어슷 썰듯" 옆으로 기어간다. "똑바로 걷는 중이다."

　신화학의 헤르메스 트리스메기스투스는 "신은 그 중심이 어디에나 있지만, 그 둘레는 어디에도 없는 하나의 원이다." "신은 끝이 없고 무한한 확장(팽창) 그 자체다"라고 말한다. 칼 융 또한 신의 형상이 원으로 표상된다고 논증하며 "신은 뛰어난 전체성의 상징이며, 둥근 것, 원만하고 완전한 것"이라고 설명한다. 원圓은 다양한 방식으로 초월적, 합일적 세계관을 표상하며 인간의 대극인 신을 상징하는 표상으로 쓰인다. 또한 원은 영원회귀와 시간의 갱신을 상징하는 순환적 표상이다. 이러한 순환의 상징 '원圓의 상상력'은 배종영의 첫 시집 『천 권의 책을 귀에 걸고』 전체를 관통하고 있다. 시인은 이제 동그랗게 언어를 말아 시의 우주로 굴리기 시작한다. 굴러가며 시는 점점 더 동그래질 것이다. 그의 시집이 시의 우주에 동그란 파장을 남기기를 기대한다.